KB265016

청어詩人選 44

꺼내 보나요, 가끔은

| 지애주 시집 |

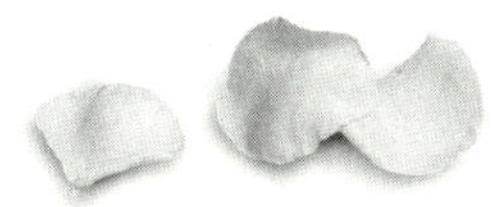

청어

꺼내 보나요, 가끔은

지애주 지음

발행처 · 도서출판 청어
발행인 · 이영철
기　획 · 강보임 | 김홍순
영　업 · 이동호
편　집 · 김영신 | 김인현
디자인 · 오주연
인　쇄 · 두리터

등　록 · 1999년 5월 3일(제22-1541호)

1판 1쇄 인쇄 · 2008년 12월 10일
1판 1쇄 발행 · 2008년 12월 20일

주소 · 서울시 서초구 서초동 1588-1 신성빌딩 A동 412호
대표전화 · 586-0477
팩시밀리 · 586-0478

블로그 · http://blog.naver.com/ppi20
E-mail · ppi20@hanmail.net

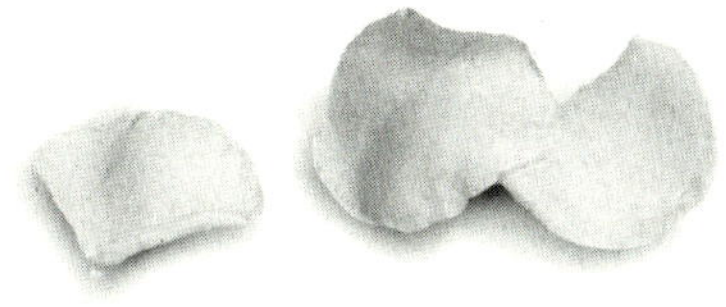

꺼내 보나요, 가끔은

계절이 지나가는 길목에 이마를 묻고 오늘 내 안에
핀 꽃을 봅니다.
눈물겹습니다.
흔들리는 갈대 사이로 점점이 흩어지는 11월
갈대숲에선 맑은 현들이 무수히 소리를 내고
그 소리의 끝을 따라가노라면
문득
누구인지 모르는 그대에게 이릅니다.
그대가 무척 보고 싶어질 때는 새가 되었고
그대가 무척 그리워질 때는 달이 되었고
그대를 껴안으면 별이 되었습니다.
마음이 마음에게로 다닌다는 길을 오늘도 쉼 없이 갑니다.
사랑에 다가가는 발걸음만큼이나 詩에 다가가는 내 발걸음은
더디고 무겁고 두려움이며 또 희열입니다.
남들은 다 온다는 그 '영감'이라는 것이 내게는 오지 않아도
그래도 시를 씁니다.
아직 제대로의 詩를 쓸 줄 모릅니다.
그러나
모든 존재를 바쳐 외롭고 수줍고 두근대는 가슴으로
詩세계로 걸어가기를 주저하지 않으렵니다.

詩는
나 자신을 편안하게 해주는 최면술사이며
나의 삶을 풍요롭게 해주고, 내 인생을 행복하게 해주는
신의 은총 같기도 합니다.
눈에 보이는 詩가 아니고 마음으로 봐야 제대로 보이는
따뜻한 고요가 살아나는 詩를 쓰고 싶습니다.
시집을 내면서 감사해야 할 사람들이 많습니다.
언제나 칭찬과 격려를 아끼지 않고
멋진 신세계를 향해 이끌어주신 은사님들께
깊은 감사를 드립니다.
문학의 선배님, 사랑하는 지인들에게 고마움을 전합니다.
특히, 평설을 써주신 홍승주 은사님께 진심으로 감사드립니다.
그리고 사랑합니다.
힘겨울 때마다 따뜻한 등 내밀어 업어주는 동반자 여운용 님과
바라만 봐도 미소 짓게 하는 가을, 이슬, 소중한 가족에게
내 영혼이 닿을 수 있는
깊이만큼
넓이만큼
그 높이만큼 사랑하며 이 시집을 바칩니다.

계절이 지나가는 길목에 서서

지애주

c·o·n·t·e·n·t·s

1

아름다운
사랑의 풍차

2

그리움과
기다림의
연가

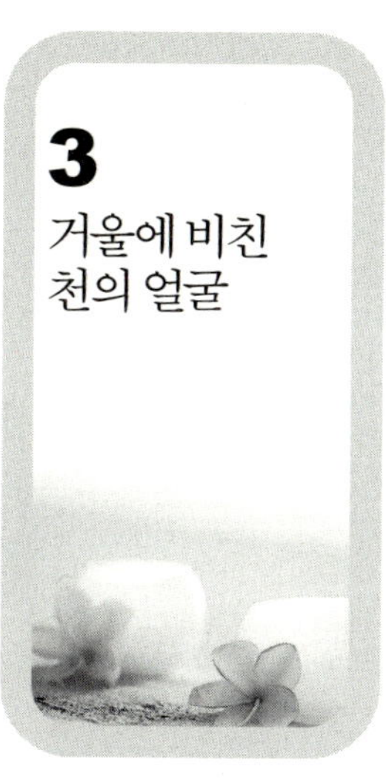

· · · · · · 꺼내 보나요, 가끔은

1
아름다운
사랑의 풍차

꺼내 보는 그리움이
다른 외로움을 부를 때
영혼을 깨워 허기 달래며
슬픔 하나 기쁨 하나 챙겨들고
새의 날갯짓으로
멀리 날아가고파

· · · · · 꺼내 보나요, 가끔은

그리움 죽이기

사랑 하나 둘 셋…
사랑 백 번

해(年)와 해(陽)를 삼켜
삶이 가득 채워지고

사랑, 사랑, 백하나 백둘…
사랑, 사랑, 천 번 만 번…

내 마음

인(人)과 연(連)으로
아름다움 가득 채워지고 있네

꽃잎 지는 소리에

도심부터
점점
퍼져나가는 봄의 소용돌이
어디에서 왔다가
어디로 가는가

어여쁨을 간직한 꽃잎들이여
하늘가 등불 같은 꽃들
흐드러지게 피었다가
맑은 영혼 안고 꽃잎 떨어지는 모습에
뻐근하도록 차오르는 이 뭉클함은 뭔가

꽃잎 지는 소리에
시작도 없고 끝도 없는 삶의 노래
마음의 창을 내며
미리내 건너 새로운 별 하나 뜬다

아카시 숲에 앉아

하얗게

하얗게
흩뿌려 놓는
부신 저 향기는

낙수처럼 떨어지는
외로움 같은 것

잠든 추억도 흔들어
눈물나게 하는 것

가슴 속에 누군가 있어
날 부르는 소리 듣게 하는 것

숲을 지나는 바람소리

그 바람소리에
외로움도 눈물도 날 부르는 소리도 달아난다

부신 저 향기와 함께

가을소나타

숲이 흔들리고
그리움이 바람에 실려
계절의 노래 메아리 같이
푸른 종소리 되어
지금 그리움으로 불타고 있다

나의 숲은

나의 가을은…

서설(瑞雪)이 부르는 노래

　백년만의 3월 폭설이라는 경칩(驚蟄)날, 축복처럼 내리는 눈의 움직임들이 사각사각 소리를 낸다 나목(裸木)들 위 말간 눈송이들이 부드러운 하얀 거품을 입혀 눈꽃이 가득 핀 환상적인 나뭇가지들 하늘과 땅 사이에서 빛난다

　한 송이 두 송이… 수백만 송이 피어나도록, 순진무구(純眞無垢)하게 눈꽃을 피워내 고단한 삶에 아름다운 선물을 한다 서설(瑞雪) 속 生의 의미를 만나는 봄의 숨결이 겁먹은 듯 조심스레 미소 짓는다

12월에는

12월에는
광릉 내 수목원 하얀 눈길을 마냥 걷고 싶다

재촉하듯 떠밀려온 지난날들
여유로운 마음 없이 다다른 12월의 종착역

수없이 찍어온 쉼표 되돌릴 수 없어
타박타박 내딛는 발자욱 위로
흘린 눈물 주워 담으며 그렇게 걷고 싶다

패인 흔적 위에 햇살 따라 고이는 기쁨
세상을 향해 길 터주며

하나뿐인 마침표 찍을 때까지
화려한 노을 거둔 후에도
어둠을 걸머진 채 오래오래 걷고 싶다

목련꽃

깃털처럼 부드럽게
꿈처럼 경이로운 순수한 꽃잎
다급하고도 흥청거리듯이 풍성하게 꽃을 피워낸다

그런 다음 조용히
짧은 젊음 간직한 채
서러운 피로에 지쳐 갈색으로 변해 형체를 잃지만…

마파람에 빛나는
꽃잎들에서 나는 섬세하고 신선한 향기
비현실적인 너무도 아름다운 너

봄날은 너로 인해 찬연히 눈부시다

황홀한 일몰

태평양 한 모퉁이
낯선 바람 속, 뱃머리
현란한 황혼의 시각적 프리미엄에
두근거림 안은 가인(佳人)
세월 넘어선 꿈을 꾼다

억겁의 인연으로 만들어진
코발트 바다와 산호섬
내 영혼 잠시 쉬어가는 일몰에
무구한 삶을 이야기하는
타포 차우 산(MT.Tapochau)

몸부림치는 시시각각
타는 황혼은 신의 마술인가
어슬렁거리며 오는 어둠에
마나가하 섬(Managaha Island)
가슴 적시우면

굴절하는 노을 빛 가슴 뚫고
마음 울리는 종소리 울리니
마법에 걸린 나그네
꿈에서 서서히 깨어난다

달콤 쌉싸름한 봄비

번지 없는 기다림에
목매달던 날

톡 톡
창문 두드리는
당신의 눈물

연둣빛 그리움
강둑에 내거는 날

하르르
하르르
봄이 핀다

마흔하고 여섯이 지나가던 날

마흔하고 여섯이 지나가던 날
사랑의 노래처럼 나를 불러주고
삶의 물음에 손 흔들어주던 시(詩)

몸은 타는 가슴소리를 듣지 못하고
깊은 잠 속
붉은 바람의 길목을 피해
이리저리 헤매고 다니기만 하였다

푸른 숨
들이쉬는 넓은 해원(海原)에서
바람이 부르는 소리를 밤새 듣고

몽상가(夢想家) 되어 빛살 가르는
지난 세월은 고요한 폭풍이었을까
나이는 삶의 경계를 가르쳐주며
바람으로 내 곁에 와 숨쉬었다

고독의 문지방을 넘어
아무리 걸어도 닿을 수 없었던 生의 밑바닥

그곳에서 횡행(橫行)하던
시간들과 울어댄 빈 가슴

마흔하고 여섯이 지나가던 날
지난 인생 썰물처럼
빠져나간 뒤 앙금처럼 남는 건
견고한 生 이륙하리니
한 폭 수채화 같은 삶을 가지리라

꺼내 보나요, 가끔은

꺼내 보나요
가끔은

어느 우체국 앞에 서서
누군가의 이름을 부르면
눈물이 날 것 같은
간을 맞출 수 없는 매운 그리움을
열꽃처럼 밀려오는 외로움을

저 너머
저 너머의 시간으로

꺼내 보는 그리움이
다른 외로움을 부를 때
영혼을 깨워 허기 달래며
슬픔 하나 기쁨 하나 챙겨들고
새의 날갯짓으로 멀리 날아가고파

꺼내 보나요
가끔은
생의 둑길 따라

지나가고
스러지고
잊혀지는 세상 모든 것으로 인해
양 가슴 적셔오는 강물소리를

추풍개화

하늘 가득
파도처럼 일렁이는 가을 야생화

나무 가득
죽음을 분칠하면서 미소 짓는 잎새 한 장

땅 위 가득
들꽃 무더기 폭발한다

맘 가득
만삭의 그리움…

산하는 재촉하는 짧은 가을 속
꽃향기에 지금 흔들리고 있다

우연인 듯
속되이 운명인 듯 지금 내 곁에 있는 것들이

꿈적대고 목말라하고
일순 화사하게 피어나는 움직임들이 모두 생명이다

향기롭다

가을로 가는 길

아름다운 단풍 든
또 새로운 가을로 가는 길,
처음이란
얼마나 황홀한 두근거림이던가

무수한 별이 노니는 하늘
쑥부쟁이 들녘은 향기롭고
눈매가 더 푸르게 깊어진 강물
풍경은 멈추지 않고 달려가고

세상 길목에 피고 지는
보배로운 가을로 가는 길은
얼마나 따뜻한 추억을 낳는 일이던가

가을은

가을은
커피를 닮은 낙엽이 있어
그리운 계절

가을은
커피 향 낙엽 연기 있어 더욱
그리운 계절

창 밖 강 건너 그리움
물밀듯 커피 한 잔 속으로 잠겨오고
한 모금씩 넘길 때마다 감쳐오는 임의 향기

가을은
침묵으로 몸을 줄이고
홀로 걸어가는 계절

동창회 날을 기다리며

눈 감아도 뇌리에 스멀스멀
개나리 진달래 피어나고
보리밭 사이로 흙냄새 물씬 풍기는
유년의 고향 정경

낮이면 햇살이 대청마루까지 찾아들고
밤이면 달빛이 뜨락 가득 내려앉는
흙내음 풀내음 묻어나는 그곳

뒷산엔 산꿩이 알을 품고
앞 개울물 출렁출렁 흐르고
무덤가엔 할미꽃 피고 이름 모를 꽃 만발한 들판엔
범나비 너울너울 춤추며 무르익어가는 봄내음

못내 그리운 고향
봄날 같은 친구들을 만나고 싶다

메밀꽃

그 누가
달빛 속을 거니는가

땅으로 내려온 하얀 수많은 별들
흩어지는 물살로 출렁인다

어느새 이슬에 젖어
하얗게 발효된 향기로운 이야기

전설이 되고
맹세가 되고
슬픔이 되고
아픔이 되고
사랑이 되고

희다, 희다 메밀꽃으로 피는
하얀 사연
너만, 너만 알고 있다

깊은 밤

깊은 밤
마음의 문들은 사방으로 모두 굳게 닫히고
허기가 가득한 밤, 밤…

내 설움의 눈물 자국으로
속이 훤히 들여다보이는 사람들이
사는 세상

이 순간
울고 싶은
아니 울고 있는 나

그대와
허름한 식당에서
따뜻한 마음 밥 한 그릇 나누고 싶다

길 위에서

변산반도 앞 바다 낙조는
황홀한 자태
온 몸 붉은 물 가득 들이고

수평선 위 점 점…
배 배들

갯벌 위 점 점…
사람 사람들

소나무 그림자 사이로
눈부신 유채꽃 무리

청보리의 빛남은
가슴으로 뛰어 들어와

유년의 추억 속으로 이끌고
풀피리소리
들판 가득 풀어 놓으며 이리저리 눕는다

길 위에서 만난
그 모든 것
물어 나르는 바람, 바람…

바람 부는 날에

내 안에서 이는 흔들림
기어이 등 떠밀려
한 자리에 못 앉아있게 하는
바람이 불었다
언젠가 스쳐 지나간다는 것을 알았기에
그 안에
내 모든 것을 풀어 놓았다

우리 江山

오월의 햇살은 얼마나 달콤하던지
익는 봄을 실어 퍼지는 바람은 얼마나 부드러운지
生命을 받아내기 시작한 대지는
흙냄새로 향기로워라

오월의 녹음 사이로 산새들의 합창
흐르는 물소리에 푸른 초원에 누우니
자연의 생명에 경이를 느끼는 축복받은 오월
임 향기 솟구쳐 오네

산바람 실은 쑥 향기 풀내음 코끝을 간질이고
나뭇잎 춤을 추고 라일락 향기 황홀경
굽이굽이 밭둑길 풀잎 사이를 걷노라면
포근한 임 손길 그리워지고

눈 감으면 환히 보이는 무지개보다 더 환해지는
우리 江山

2
그리움과
기다림의
연가

그 그리움은
소리 없이 기우는
달을 보는 서러움
내 유년 어머니 모습으로
채워진 가슴
숨 막히는 삶의 찌꺼기 같은 것
별이 드는 꿈의 언덕에
그 그리움
살며시 놓아두리라

꺼내 보나요, 가끔은

사랑의 길

알 수 없는 마음 속
내가 그린 추상화 한 점
유월의 어느 숲속
여인의 형상을 한 목이 긴 그림자
검푸른 강을 건너 숲을 지나고 있다

어깨선을 타고 내리는
풀내 머금은 바람
밀어 올리는 가슴 속 멍울 하나
아름다운 사랑 짊어진
나의 야윈 등

사랑 그리고
목마름…
난 아직
그 빛깔을
알아내지 못했다

그 그리움은

해질녘
가슴 속 그리움 풀어 놓으면
투명한 물처럼
공기처럼
노을과 어우러져 춤춘다

창가에 기대서면
마음 속
숨겨진 슬픈 멍울
시린 아픔 품어 안고
영근 눈물
스치는 바람이 훔쳐가는 저녁

그 그리움은
소리 없이 기우는 달을 보는 서러움
내 유년 어머니 모습으로 채워진 가슴
숨 막히는 삶의 찌꺼기 같은 것

별이 뜨는 꿈의 언덕에
그 그리움
살며시 놓아두리라

늘 함께이고 싶어

비 오거나 눈 내리는 날에
뜨거운 찻잔을 마주하는
당신의
다정한 연인이고 싶어

고단한 삶의 무게에
처진 어깨 감싸며 등 기댈 수 있는
그대의
편안한 안식처이고 싶어

서로 다른 생각이
상처를 내고 아프게 해도
마음 안
눈물소리를 들을 수 있는
아름다운 동반자이고 싶어

함께 공유한 추억 안고
더 키워야 할 샘 사랑
나
당신 가슴에만 피어 있는
향기 품은 한 떨기 사랑꽃이고 싶어

나만 아는 숲

그리움 없인
이 세상 어느 것 하나
우리의 삶에 닿지 못하고

어쩌면
우리는 그리움이 힘이 되어
한 세상 살아가는지도 모른다

가을날
나무와 나뭇가지 사이
눈부신 고통으로 차오르는 그리움

바람이 숲 안으로 몰려오고
숲 뒤에 숨어 있는 향기 품은 고독
나만 아는 숲

당신과 내가
하나의 강으로 닿아 흐르기까지
다시 수천의 날이 기다리고
수억의 어둠을 뜬 눈으로 삼켜야 한다

나는 길을 잃고
끝내 당신은 누구인가
당신을 그리며 기다리며
뼈가 삭아 들어가는 애절한 그리움이여

그리움은 낙엽 빛

수줍은 가슴
햇살에 녹아내려
설핏 낙엽이 된다

발갛게 달아오른
동그란 사랑
네 입술에 가 닿는다

속삭이듯 눈물이 흐른다

지는 노을에 시(詩)를 뿌리며
그렁그렁
눈물 골에 잠긴 가을 연정(戀情)

여름 내내 동경하던
나비 꿈을 향한 비상 후
숲에 눕는 낙엽

자태 황홀한 수림(樹林) 사이
꿈 같이 흐르는 바람
영혼의 울림 종소리처럼 번져
곁을 지나는 시간

마음으로 보는 만추(晩秋)
몸서리치는 쓸쓸함에
속삭이듯 눈물이 흐른다

늦가을 연서

한 계절이 길 떠나면
나직이 숨 고르며

멀리 가버린 거
문득문득 생각나는 거
눈물 같은 저 유일한 창 너머 별…

그리움을 찾아 하늘에 길 하나 냅니다
그 옆에
조용히 길 하나 더 내고 있는 어둠이
바람처럼 흔들리고 있습니다

모든 별들이 얼마나 아름다운 꿈을 꾸는지
그리움이 되기까지
침묵이 되기까지
사랑이 되기까지…

분침이
어제와 오늘을 가르는 것을 응시하며 캄캄한 적요 속을
홀로 걷고 있는 이 순간

어디선가
쿵쿵…
걸어오는 겨울 소리를 듣습니다

기약 없는 그리움

그대 한 자락 바람으로 다가와
소리 없는 숨결
내 안에 있어도 보이지도
잡을 수도 없는 그리움

그대 향한 목마른 기다림
날마다 고개 들어
별빛 부서지는 창가
어리우는 아픔

그 언젠가 그대 바라볼 수 있다는
기대에 찬 희열로
메마른 얼굴 부딪쳐오는
차디찬 바람이어도 좋아라

머무는 듯 닿는 듯
묘한 우연으로 스치고 지나칠 때
이내 마음 한 줌 담아
보고 싶었노라 말해야지

기약 없는 그리움
구름 한 점으로 떠돌다
그대 영 아니 오면
스치는 한 줄기 바람 되어 만나나 보리

숱한 그리움으로 시간을 앓고

그날
가슴에 떨어지는 별처럼
처음으로
환하게 열리던 날

저리도록 진한 그리움에
늘 절실함도 병 같아서
그 숱한 그리움으로 시간을 앓고

물빛 투명한 마음으로
당신을 떠올릴 때도
못내 찾지 않았다

수없이 파도에 씻겨 닳아진 차돌처럼
견고하게 다져진 외로움 그대로
끊어질 듯한 기다림 그대로

흰 한숨처럼 감기는 구름인 듯
그때

홀연
당신은 오시려나

언제쯤이면

너무 멀리 있어
더 그리운 당신
언제쯤이면

햇빛보다 더 밝은 모습
얼굴과 얼굴
마주할 수 있을까요

너무 멀리 있어
더 보고 싶은 당신
언제쯤이면

따스한 그 손
살며시 잡아볼 수 있을까요

오늘밤은
당신께 달려갑니다
당신의 별이 되어…

보고 싶어

뒤엉킨 고요가 뱉어놓은 아득한 통증
수취인 불명의 길 끊긴
숨은 풍경

욱신거리는 길의 허기진 맨발까지
알알이 꿴
'보고 싶어' 라는 소리

그대에게 가 닿는 순간
치렁치렁 목마름의 목걸이가 되어버린

보. 고. 싶. 어

한 잔 행복 위에

가을에는
가만히 앉아 있어도 왠지 눈물겹다

춤추듯 너붓거리는 갈색바람도 그렇고
그린 듯한 푸른 하늘도 그렇고
저녁 해를 안고 누운 강물이 흘러도 그렇다

그리움이 살져
허기진 눈물 한숨 되어 발갛게 떨어지면
바람같이 언덕을 달리고 싶다

거침없이 무리져 사라지고
환생하는 씨를 품은 낙엽 속에
감출 수 없는 사랑을 가진 연인들
너의 얼굴에 단풍 든 선명한 입맞춤

늦가을에는
가만히 앉아 있어도 눈물겹다

한 잔 행복 위에
한 잔 슬픔처럼…

너를 만나고 싶다

비 오는 강가를 달리다보니
그대가 꿈같이
자유로운 내 영혼의 우물가로
찾아오는가
너를 만나고 싶다

길가 코스모스
내 안의 그대처럼 한없이 살아나고
내 밖의 그대처럼 강물은 푸른 눈 뜨고 흘러가는데
그대 그리움에 갇힌
난
행복하기도 눈물겹기도 하다

비 오는 강가
그대 그리움에
행복하기도 눈물겹기도 보고프기도 해
기억의 거울을 꺼내본다

너를
너를 만나고 싶다

사랑이 오는 소리

가슴이 떨려요
시린 겨울
겹겹이 껴입은 그리움
한 올씩 벗기며
사랑이 오는 소리

그대 미소 지으면 행복하고
무심하면 쓸쓸하고
얼음장 밑으로 사랑의 움직임이
사르르 사르르 녹아 흐르는
사랑이 오는 소리

땅속에선
봄을 서서히 준비하는 가쁜 숨소리
싹 돋을 씨앗도 그리움도
모두에게 들려줄
사랑이 오는 소리

진실한 그대 고운 사랑
진달래 개나리보다 성큼
한 발자욱 먼저 와 피어날
사랑이 오는 소리

당신

찻잔에 당신 얼굴이 동동

방 안에 당신 향내가 몽실

맘속에 당신 사랑 가득

사랑꽃

여기 한 송이 꽃이 있으니
그 이름 사랑이어라
세상의 모든 꽃은 시들지만

시들지 않는 꽃이 있으니
그것은 사랑꽃이라
사랑꽃 피는 곳은

그대의 가슴
나의 가슴이니
우리가 만나 부비는 가슴 말고

더 행복한 것은 없어라

바람이 빚어낸 변주곡

지친 여름이 한 칸씩 비어가고
그 빈 곳
새로운 계절이 해맑음으로 자리하는 동안
은행잎 툭 툭…
떨어트리고 노오랗게 물든 바람

바람이 신선하다
이마에 이 바람이 와 닿는 날들이 되면
별은 초롱히 가깝고 눈빛은 젖는다
더불어 모든 사물의 그림자가 길어진다

일 년을 살아낸 보람은 무엇이었나
가을이면 이별 모습이 유난하다
여름 철새들도 돌아가고
아름다움을 다투던 수많은 꽃들은 청춘과 이별해야 한다
무성하던 숲도, 들판도 다 휑하니 빈다

우울하고
서럽고
뜨겁고
서늘하고

환한 것들
울퉁불퉁 내면 다스리는 가득한 지금 이 순간

바람이 신선하다

사랑 메신저

꽃밭에서 쓰는 편지는 꽃향기가 묻어나고
비 오는 날 쓰는 편지는 빗소리가 들려오고
한밤에 쓰는 편지는 별들의 속삭임이 채워지고
사랑 메신저에서 쓰는 편지는 喜怒哀樂으로 가득합니다

그대가 보내고저 보내고저 하는 마음을
머뭇거리지 말고
서성이지 말고
그 사람 마음속에 쿵쾅거리도록 뛰어들게 하는 사랑 메신저

오늘도
그대에게서 그대에게로
당신에게서 당신에게로

안부를, 그리움을, 사랑을, 위로를, 기다림을…
바삐 전송합니다

클릭
클릭…

엔터
엔터…

사랑 1

사랑은 대상이 아니라
마음
마음으로 간직하고
소리 없이 키우는 것

국경도 넘어가고
나이도 초월하고
말은 안 해도 눈빛으로 아는 것

마음으로 길이 열린 곳
멀리 가까이가 필요 없고
곁에 있고 없고가 아니다

사랑은 남모르게 혼자 키우는 것
그 사람도 모르게 혼자 커가는 것
멀리서 혼자 부르다 마는 것
대상이 아니라 그리워 혼자 우는 것

사랑 2

그래 사랑이란
그리움의 눈으로, 바람의 눈으로, 기다림의 눈으로
그 사람에게 가서
그 사람 발치에 놓이고 싶은 일이지

그래 사랑이란
그 사람 일상의 안부를 묻는 사소함이지
그 사람을 생각하는 마음,
모든 작은 몸짓을 바라보는 응시이지
응시가 멀어지면
사랑에 이별이 오기 시작하는 건지 모르지

사소한 안부 물을 일이 사라진다면
그 사소함의 상실로
사랑을 잃어버리는 아픔을 겪는 일이지

사랑은 아주 작은 목소리로 불러도 그에 답하는 일이지
사랑은 그 이름을 부르고, 그 부름에 응답하는 한
결코 죽을 수 없는 생명으로
사랑의 생명으로 결실을 맺어가는 일이지

· · · · · · 꺼내 보나요, 가끔은

힘이 들 때 떠올리기만 해도
슬플 때 바라보기만 해도
기쁨이 되고
작은 감동을 주는 가족
그로 인해
날마다 행복이라네

3
거울에 비친
천의 얼굴

·　·　·　·　·　·　꺼내 보나요, 가끔은

두려운 사랑

낙엽이 붉게
쌓인 가슴
서걱이는 바람 불이
우수수 잎 떨어지면
시린 슬픔

눈부신 강물의 노래
출렁이는 가슴
애쓰며 노 저어
가을 빛 나를 새롭게 깨우면
두려운 사랑

달이 스러지는 소리
키 큰 나뭇가지에 매달린
미련 흔드는 바람 속 가을
마른 그리움 싣고
내 마음앓이 키운다

떠나고 싶다

아침 출근길
어디론가
이대로 훌쩍 떠나고 싶다

머언 눈으로
바라보아야 아름다운 강가
산 그림자 눕는 곳으로

대숲에 이는
서걱이는 바람소리로
내 가난한 혼(魂) 어루만져주는 곳으로

허방 같은 욕심 버리고
내 삶의 밖으로 걸어 나와
혼자이고 싶은 날

기차 차창 밖 풍경도
바다 위 흔들리는
외로운 섬도 좋다

어디라면 어떠랴

저녁 퇴근길
어니론가 이내로 훌쩍
떠나고 싶다

풍경 하나 걸어두고 싶다

내 안의 그대를 위해
세상을 향한 마음 향기롭게
풍경 하나 걸어두고 싶다

가만가만 낮은 숨결 고르는 햇살과
대지 위 생명의 풀피리소리
하얀 드레스자락 휘날리는 갈대와
순백웃음 속 나목(裸木)들 살 비비는 신음에

드러나는 희열(喜悅)과 공존하는 아픔은
삶을 안도로 이끌어가고
무수한 눈물과 웃음이 찍힌
바람의 발자국

물빛 그리움으로
다가서도 빛나는
인생이 연주하는 음악을 들으며

내 안의 그대를 위해
푸른 메아리 울리는
풍경 하나 걸어두고 싶다

천년학

찬바람 부는 저녁
당신이 그립더이다

목덜미로 스치는 바람에
당신이 그립고 또 그립더이다

모든 것이 빈 들녘 바람처럼
세월을 몰고, 사람을 몰고, 그리움을 몰고
멀어져가더이다

희망과 절망의 틈새를
드나드는 삶

깨어있는 자들의 아름다운 꿈
울면서 웃을 날을 그리워하며

오늘이라는 삶의 길 위에서
천 마리의 이쁜 학을 만듭니다

살아있음을 기뻐하며
감사하며

아직은 아녜요

장미 꽃잎이 부서져 별로 빛나고
그 빛이 소리 되어 혼자 흘러와 무너진대도
아직은 아녜요
시린 가슴을 씻어주기에는

내 그림자 벗 삼아 걷는
별들이 길을 만들어주는 밤길
마음에 별을 심지만

오늘은
늘 비를 맞아 뼈가 얼어붙는
가슴 시린 고독이 불러대는
공허한 목소리 가득합니다

혼자 흘러와 혼자 무너지는 종소리처럼…
아무도 모르는
당신
거기 있어요?

창문을 열며

어둠이 길게 깔리면
밤이 깊을수록 별빛은 또렷하듯이
국화 향 짙을수록
고독이 더 깊어지니
비바람 소리에도 창문을 열어봅니다

단풍잎 우려내어
꽃무늬 잔에 담아
갈바람에 태워서 임에게 보내오면
아무렴 모른다 하고
되돌리지는 않겠지요

찻집 '시몬' 으로 갈까요?

바람이 부네

바람이 부네
그리운 한 조각 출렁이네

흐르는 달빛 속
가슴을 열고
임의 사랑 안고 있지만

어둠은
시간을 싣고 떠나는 쪽배
창가에 너울거리네

밤은
떠날 이별을 사랑하고
바람은
뜬 눈으로 펄럭이고
임은 짧은 사랑을 아쉬워하네

바람이 부네
그리움이 두런두런거리네

선물

숨죽여 울던 어둠을 밀어내고
현란함으로 무장하고 온
붉은 아침
장미꽃 한 다발

꽃다발 속에
사랑의 놀람과
사랑의 기쁨과
사랑의 향기 숨어 숨쉰다

장미꽃 속에 속삭임 하나
백날이 가도
천 날이 가도
내 사랑은 당신

행복

마음 속 가득한 사랑
저절로 더해져
필요한 곳마다 스미고

힘이 들 때 떠올리기만 해도
슬플 때 바라보기만 해도
기쁨이 되고 작은 감동을 주는 가족

그로 인해
날마다 행복이라네

잃어버린 소리통

기억의 미로 속을 헤맨다
복돼지 한 마리
연꽃 잎새 달고
어디 있는가

카페일까, 거리 위일까
낯선 이의 품속일까…
희로애락을 물어 나르던 너
어디에 있는가

애달픈 마음 외면한
소식 없음에 여러 밤을 뒤척이고
이제는
너를 잊어야 하는 줄 알아

휑하니
허전함 쓸어안고 동고동락한 너
겨울 하얀 눈밭에 묻는다

눈 오는 밤에

우주를 떠돌다
저 먼 흑암 속 기억의 골짜기
바람이 일면
어제를 잃어버린 외로운 별 별 별

별빛을 몰고 오는 바람 우는
소리 들리어오면
가슴으로 울다 지친 겨울 숲은 어느새
하얀 그리움의 동굴

돌아설 수 없는 삶이
내 앞에 가만히 놓이는 밤

밤하늘 가득 오는 눈, 눈…

먼 하늘에서 보내오는 하얀 통신
온 세상이 백색 정전 중
고요가 무너지는 소리만 무성하다

비오는 저녁

쓸쓸한 저녁입니다

어여쁜 애인, 당신의 마음 그늘 빌려
그 그늘 아래 잠시 쉴 때

가을꽃 그늘보다

향기로운 그늘이었음 좋겠습니다
더 호젓한 고요였음 좋겠습니다

가을비 몰고 오는
바람의 냄새가 저녁 하늘
가득합니다

시간의 강물

언제나
늘
그대와 함께였으면 하는 마음이지요
그대도 그런가요

산야가 물들었단 말… 들었지요
해놓은 일 없이
시간은 강물처럼
침묵으로 흐르고

그대와 함께하지 못하는 많은 날들이 쓸쓸하여 가슴이 저립니다

출렁… 출렁…

내가 흘러갑니다
그대에게로

그 희디흰 향기

계절의 갈피에서
찔레꽃, 아카시
꽃이 피고
바람결에 묻어나는 애잔한 향기

허기진 추억조각
수많은 언어로도
아우르지 못하는 그리움의 잔해

그대 가슴
나의 가슴 속 숨었다가
환한 봄빛에 들켜
그 희디흰 향기 오월의 넋이 된다

술 한 잔 때문일까

술 한 잔 때문일까
무딘 가슴에
왈칵왈칵 솟는 흔들리는 그리움

온 몸을 휘도는 바람 탓일까
어둠에 묻혀온 외로움
그리움도 외로움도 흔들렸다

바람이 텅 빈 하얀 가슴을 두드렸다
내 안의 또 다른 내가
나의 곁으로 다가와 나를 부르는 것일까

흔들리는 거리에 물끄러미 나를 세워두고
함께 술잔을 나누던 또 다른 나와
어깨동무하며 거닐고 싶었다

술 한 잔 때문일까
취 흥흥한 이 밤 달은 숨고
이태백의 혼일까
슬며시 나의 등을 두드려 불러 세웠다
누구일까…

첫눈

당신을 기다렸습니다
기다리는 나날
내 눈과 귀는
당신이 어디쯤 오려나
마음 죄며 발자국을 세었습니다

설익은 잿빛 하늘이어도
내 가슴은 마냥 설레었지만
기다려도
기다려도
당신은 오지 않았습니다

그러던 어느 날 잠결에
창문 흔드는 소리에 놀라 깨어보니
아,
그렇게 기다리던
당신이 내게 다가왔습니다

푸른 어둠이 아직은 짙게 깔린 새벽에
환하게 웃으며 오신 순결한 당신
온 누리가 당신을 반겼습니다

차 한 잔을 앞에 놓고

서러웠고 아팠고 외로웠던
세월의 깊이를 촘촘히 심는 밤입니다
사람들은 겉으로 보이는 것을 수군거리거나 말합니다
그의 영혼이 얼마나 시무룩한지
그의 가슴이 얼마나 아프고 시린지 내 알 바 아니라고…
마음이 말하는 것은 무엇일까요

사람들이 겉으로 보이는 것을 믿을 때
그의 눈이 무엇을 말하는지 들여다보라고
귀를 열고 들어보라고 속삭이는 것일까요

사람들이 바쁘게 우왕좌왕 걸어갈 때
나도 바삐 걸어서 휩쓸리지 말고 조용히 눈을 감고
마음의 문을 열고
높푸른 하늘을 날아 보라고 가만히 귀띔해주는 것일까요

편견을 갖기 쉬운 시대에
편견을 버리고 위로해주고 감싸주는
그것이 바로 내 마음이 말하는 것인지는 모르리
깊이도 알 수 없고, 무게도 알 수 없는 슬픔 한 덩어리
가슴에 싣고

속수무책 눈물 속으로 나를 가두는 밤입니다
찻잔에 눈물을 탔습니다
실로 아무것도 아닌데—
그저 이 밤에는 마음 가는 대로 그대에게
내 마음을 엿보게 하고 싶습니다

그리움 1

언덕을 넘는 저 바람아
이내 마음 안아다가
임께로 보내주오

산을 넘는 저 구름아
이내 몸을 실어다가
임께로 보내주오

바람에 구름에
소식 전해보지만
애절한 이 가슴 그리움만 더하고

길고 긴 겨울밤
뜬눈으로 지새우며
뜬눈으로 지새우며

그리움 2

여보게
칠보산 불암사를 아시는가

대웅전 뒤꼍 바위
천년 세월 안고 살아
이제껏
풀도 길고 나무도 기른다네

한 주먹
陽氣 쐬고 돌아가는 우리네가
천년바위 앞에 서서
무엇을 바라리오

그래도 어쩌지 못할 그대 향한 그리움

기다림

늦은 밤
당신에 대한 그리움에 잠 못 이루고
마음을 달래고자 방문을 엽니다

추위에 떨고 있는 나무 사이로
당신을 닮은 얼굴 하나
나를 보고 있네요

반가움에 들어올린 나의 두 팔
당신을 안아보려 하지만
당신은 구름 사이로 숨어버리고

나에게 안긴 것은
오로지
차가운 겨울바람뿐입니다

밤새 그 빛이 그리워
헤매던 꿈길인 것을
잠이 깨고서
이제야 알게 됩니다
오늘아침은 세상이
나를 다르게 깨웁니다

4

마음 속
또 하나의
사랑방

· · · · · · 꺼내 보나요, 가끔은

지평선

밀려오는
바람소리

임
오늘도 소식 없어

이 가을
내 사랑 지평선에 진다

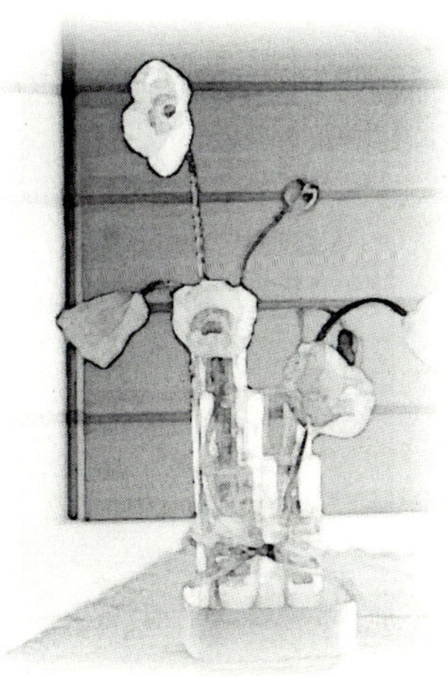

수평선

슬픈 눈매를 꾸욱 누르고 있는

수평선은

한 줄 그리움

겨울일기

칩거의 계절
몸 밖의 추위가 몸 안을 기웃대는
눈이 올 듯 흐린 날
주저앉혔던 마음들이 앞질러 쏜살같이 길 떠난다

가만가만 겨울비 내리더니 진눈깨비로
진눈깨비 홀연 농진 함박눈으로
함박눈 햇살과 짧은 입맞춤이 끝날 즈음
날아오르는 새들의 날개가 빛나는 천수만

전세 낸 하얀 백사장 거니는 연인 한 쌍은 한 편의 수채화
바다 끝에서 달려오는 푸른 발굽소리 소리는…
수신 없는 겨울연서
몸 안 구석구석 하얀 그물망 치고 싶다

해지는 서해바다 주홍비단 수만 필 흠뻑 등에 얹고
여유를 우려 놓은 빛나는 하루

내 몸 안 가득

바다 소리

새 소리

우울한 날

진원지를 파악하기 어려운
우수가
좌르르 떨어지고

완강한 거부의 몸짓에도 불구하고
신경 줄로 우울이 흘러든다

사람들 말소리도 멀리하고
사람들 흘린 말도 모른다 모른다 하며
울안에 갇힌다

무작정 비틀린 마음
상실감에 의한 허기
태풍처럼 온다

지친 일상의 상처
정처 없는 영혼

떫어라

지금 나 아닌 난
부재중이다

아침에

창으로 밝아오는 아침 햇살 속으로
그대의 모습을 보았습니다

커튼을 걷어내며 따스한 빛살 곳곳에
그대의 고운 눈길이 빛나는 걸 느낍니다

밤새 그 빛이 그리워 헤매던 꿈길인 것을
잠이 깨고서 이제야 알게 됩니다

오늘 아침은 세상이 나를 다르게 깨웁니다

봄날은

오는가
오는가 하더니

폭설 뒤에 숨었다
기지개 켜며

나오는 웃음소리

봄이 오는 북한산에

봄 향기 머금은
구름 한 줌
햇살과 함께 숨바꼭질이다
능선을
쏜살같이 달리는 바람에 이끌리어
발걸음 멈춘 곳
시단봉에 진달래 불붙고
노적봉에 산 벚꽃 잎 나비처럼 날아오른다

백운대 바위 위에
정겨운 청설모 한 마리
피어오르는 아지랑이 속에 재롱부리고
비상하는 산비둘기의
퍼득거림에
산은 힘차게 날갯짓을 한다
봄이 오고 있다

월출산 겨울비

월출산 밑
빈 들판에
겨울이 내려앉고 있더이다

잎새 벗은 감나무 위로
가을빛 지친 단풍바다 위로
까만 씨를 품은 코스모스 위로
흐느끼는 가냘픈 몸매 억새 위로
겨울이 스며들고 있더이다

도갑사에 울리는 가야금의 애절함도
처마 끝에서 떨어지는 낙숫물 소리도
저기, 저어기
바람에 움직이는 산도
으르렁거리는 천둥소리와 함께

겨울이
겨울이
빈 들판에 짐을 풀고 있더이다

오월 연가

화려한 푸르름
초록 물 뚝뚝 떨어지는
오월

허기진 눈물
꽃잎처럼 떨어져
보리피리 우는 계절

천방지축 결별의 꽃향기로
뜨거운 생명
다 덮인 산하

한생
오월 같은 심지로
햇살 널어주며

오월이여
쉬엄쉬엄 발걸음 옮기소서

여름 단상(斷想)

무더운 대기의 속살에 바람 그림자 스치고
내 마음 알기나 하는지

붉디붉은 노을, 성긴 별 하나
인적 없는 강물 위에 밀리어 환하고

하늘 아래 짧은 목숨
여름 함성 같은 매미울음 자지러질 즈음

산기슭 옆에 서니
세상고락 돌아보면 거기가 거기

난
바람이나 될래
그래서 바람 연인이나 할래

푸르른 여름날 흰 구름과
아름다운 사랑 이야기나 들으면서
나는 바람 연인이나 될래

그대여 노을 진 강가에
홀로 나와
텅 빔의 어운을 사랑하리

그대여 산기슭에
홀로 나와
날아오르는 세월의 호흡을 사랑하리

장마

이슬비였다가
소낙비였다가
거센 바람 탄 폭우였다가

비 소리… 모였다 흩어졌다

빗소리 들으며
잠들고
빗소리에 잠이 깨는 한여름의 정점

저 비 소리…

영혼을 울리는 소리

딸의 생일에

산고의 신음
찢기듯 아픈 용트림
찬란한 오색구름 속의 새 생명과의 만남

파도처럼 밀려오는 전율
가슴 가득 고이는 치열

세상 밖을 향해 아우성치는
너의 고고한 울음 뒤
19년

너를 만난 경이로운 강물이 흘러
어여쁨으로 성장한 너

열아홉 생일을 맞으며
넓은 세상을 향해
힘껏 날갯짓 하렴

여름에게

팔월의 창가에
아우성치는 여름열기 부려놓은
소낙비 내린 오후입니다

별이 별에게 속삭이는 소리로 오는
숲이 숲에 닿는 느낌으로 다가오는
그대는
이제 떠나야 합니다

그대가 있어서
아직 그대에게 쓰는 편지 멈추지 않는데
아직 그대에게 해야 할 말들 너무나 많은데
이제

그대를 보내야 합니다
그대는 떠나야 합니다
이제는 그대가 내 곁에서가 아니라
그대 자리에 있을 때 진정 아름답다는 걸 압니다

아름다운 푸른 희망이었던 그대
매일 만난다 해도 다 못 만나는 그대

그대를 영원히 만나기 위하여
고요한 희망 속으로 들어갑니다

소리 없는 기쁨이
어둠 속 촛불들처럼 수십 개 눈을 뜨고
손 흔드는 시간입니다

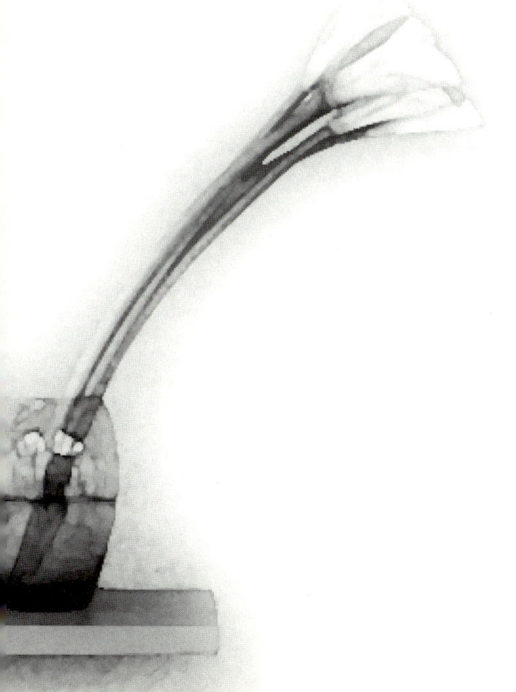

가을 편지

쉿
건드리지 않아도
가을이 우수수 떨어집니다
붉게 물든 사연 가슴에 품고

가을은 살며시 창 열어
옹근 고요를 들여다 눈부시게 풀어놓고
빈 원고지 같은 쓸쓸함은
가지런히 눕습니다

나는
그대는
어디서 떨어져 온
애틋한 갈색 사연인지요

끝내 빈 칸으로 남은 사랑이여
저릿한 가슴 움켜쥐고 별의 이름을 부를 줄 아는 고독이여
들녘 서걱이는 갈대밭 갈피마다 꽂힌 마음이여
넌지시 바람이 전하는 이별 위해 왔다 가는 가을이여

오래오래
사랑을 씁니다

오래오래
그리움을 씁니다

새로운 탄생

바람이 입맞춤하면
수천수만의 꽃순들이 하늘을 향해
푸드득푸드득 눈을 뜬다

봄비 맞으면
수줍은 여인의 속살 같은
여린 잎새들의 생명 합창

신비한 환희를 일으키며
새롭게 태어난다
언제나 봄은…

단풍잎 하나

창문 너머 자욱한 안개 사이로
비에 젖은 단풍잎 하나
사방을 둘러뵈도 벗은 나뭇가지들

너만이 이지러진 채
늦가을을 채색하고 있구나

이제까지 함께한 이들은
찬바람과 함께 멀리 떠났고
추수만이 나를 어루만지며
적막한 늦가을을 달래준다

삭풍이 이는 겨울 문턱에서
그래도 네가 함께함으로
나는 외롭시 않다

가족

서로의 성실함과 우정과 도움이 만나는 곳
가장 소중한 부모님 사랑의 끈 있어
자식은 부모님 마음 따르고
부모는 늘 자식에게 배운다

낳은 순간부터
사는 내내
내 안에 이런 큰 사랑 있었나 배우고
기쁨을 배우고, 아픔을 배우고
깨달음에 눈물짓는다

부모와 자식 함께 한길을 간다
무엇이 사랑인지 배우고
상처와 아픔은 가족이 싸매고
슬픔은 나눠지고 기쁨은 배가 되며
어버이가 존경받는 곳

가다 가다가 비바람에도 흔들리지 않고
빈 가슴 채워주는
갈급한 믿음 소리
가족은 영원한 마음의 등대

편지 1
— 내 삶의 동반자인 당신께

저무는 들녘으로 분분한 찔레꽃의 향기가
당신의 가슴에도 흐르시나요
안개 자욱한 봄비 속
하염없이 흩날려와 그리움의 길을 묻는 꽃잎에게
오래된 편지처럼 마음 한 켠에도 먼지가 내려앉고
세월의 두께만큼 열정도 덧없이 식어 가리란 것도,
기억의 저편으로 사랑도 때론
속절없이 가버린다고 바람은 말을 합니다
덮어주는 것,
잊어버리는 것,
사랑하는 것,
괜찮아, 괜찮아, 괜찮아… 너그럽게 안아주는 것…
그래야겠지요
사람이 살면서
잘못을 하지 않는 이가 어디 있겠습니까
사람이 산다는 것이
배를 타고 바다를 항해하는 것과 같아서
바람이 불고 비가 오는 날은
집채 같은 파도가 앞을 막기도 하여
금방이라도 배를 삼킬 듯하지만
그래도 이 고비만 넘기면 되겠지 하는

작은 소망이 있습니다
우리네 사는 모습이
이렇게 비 오듯 슬픈 날이 있고
바람 불듯 불안한 날도 있어
금방이라도 죽을 것 같은 생각이 들지만
그래도 세상에는 견디지 못할 일도 없고
참지 못할 일도 없는 듯합니다
다른 집은 다들 괜찮아 보이는데
나만 사는 게 이렇게 어려운가 생각하지만
속내를 들여다보면 집집이
가슴 아픈 사연 없는 집이 어디 있겠는지요
가끔 얼떨결에 실수하고
가끔 빈틈을 보여주는 당신,
가끔 당신의 부족함을 시인하는 당신,
새삼 곰곰이 생각하니 그런 당신이 편안합니다
그런 당신을 좋아합니다
앞으로 나도 내 부족함에는
노력을 게을리 하지 않겠어요
진실로 사랑하는 당신—
우리 아름다운 노년을 향하여 두 손 꼬옥 잡고
서로서로 힘이 되어주며 웃으면서 삽시다

24년간 함께 공유한 추억들이 보석처럼 느껴집니다
앞으로 우리에게 주어진 시간들이
얼마일지는 모르나
24년간 공유한 시간들보다 더 애틋하고 소중하게
우리 함께하는 삶이기를 진정 바랍니다
당신을 사랑합니다

편지 2
— 노원구 바선모 회원께 부치는 글

잎 떨군 가로수에
어제는 무수한 하얀 별들이 내려와 몸을 풀었습니다
영하의 수은주가 빙판 길을 저울질하고
구세군의 종소리 굴러가는 밤
수많은 행인들의 뺨을 때리고도
눈 한번 끔뻑이지 않는 겨울바람은
거리를 질주하고 앙상한 가지에 내려앉은 하얀 별들은
그 어느 꽃보다 화려한 세모의 거리를 만듭니다
우리네 사는 모습 속에
아껴주는 마음들이 많았으면 좋겠습니다
시기하기보다 인정하고 배우려는 마음과 더불어
삶을 이루려는 마음들이 많았으면 좋겠습니다
차가운 똑똑함보다는 눈물을 아는 따뜻함과
정겹게 손잡을 수 있는 고움들이 많았으면 좋겠습니다
12월은 저 까마득한 태고의 시간을 뛰어넘어
새벽하늘을 가르고
올 한 해 겪었던 고통과 슬픔을 날려 보내고
아픈 추억과 잘못도 훌훌 털어 내버리는 비움의 시간입니다
올 한 해 받았던 우정과 사랑의 선물은 다시 기억하고
그 고마운 마음 안고 다음해를 준비하는 채움의 시간입니다
노원구 바선모 회원 여러분
올 한 해 우리 모임에 관심과 애정을 가지고

봉사 활동하여 주셔서 감사합니다
세상을 아름답고 정의롭게 하는
회원 여러분의 변함없는 사랑으로
동행의 기쁨을 누리고자 합니다
동행의 위로를 받고자 합니다
꿈꾸는 삶의 들판으로
힘차게 달려 나갈 수 있기를 바랍니다

* 바선모 : 바른선거시민모임

시(詩) 세계로 가는 여정

임은 언제나 사랑으로 가르침을
난 언제나 사랑의 가르침을 받았다

임은 하루하루 지리멸렬하게 살아가는 영혼의 난쟁이에게
홀로 우뚝 선 영웅의 삶보다 더 가치 있는 따뜻한 삶을

난 내 가슴에 와 닿는 그 세계로 걸어 들어갔다

모든 삶의 과정은 고달픈 질곡(桎梏)
생활의 반란에 견딜 수 없는 슬픔, 고통, 오욕의 나날 동안
벌어진 상처에 찬바람 불고 있을 때

아름다운 詩 내게로 와 시린 울음과 지쳐 허덕이는 영혼에
아주 편한 눈짓과 좋은 모습으로 손을 잡아주었다

임은 녹을 줄 모르는 천연의 빙설 같은 사랑을 모르는 여자라지만
난 휴화산 같은 사랑 부여안고서도 분출하지 못한 무색의 여자

세상은 쉬이 빛바래 몹시 나를 지치게 하지만
詩는 나의 사랑
사랑은 부메랑

임은 나
나는 임

작열하는 불꽃,
정제되는 詩와 사랑의 용광로
– 지애주 시인 제1시집 『꺼내 보나요, 가끔은』

洪承疇 (시인 · 극작가)

1. 꿈꾸는 시인 지애주의 문학적 비전

지애주는 수필가로 등단했다. 데뷔 작품 「어머니의 귀향」「추억 속으로」「인절미」 등에서 그는 회고적인 내면 성찰을 통해 일상사의 애환을 훈훈한 문학성 향기로 승화시켰다.

특히 「인절미」에서는 백제 멸망 시의 타버린 군량미를 연상케 하는 슬픈 고사가 나온다. 송도 상인의 시장기를 실게 시뱅하기 위해 일부러 쉰 떡을 사서 점심 요기를 했다는 일이 그것이다. 농가 태생인 그녀는 외양간의 실화(失火)로 쌀 곳간의 일부를 태우고 진화된 과정에서 검게 그을린 쌀이 아까워서 거두어 키질을 하며 어머니와 함께 인절미를 만들어 이웃간에 돌렸는데 공교롭게도 탄내 또는 쉰내가 난다는 동네 사람들의 핀잔을 들었다. 속상한 소녀는 어려운 보릿고개에 엄마를 졸라 생쌀을 퍼내어 생떡을 만들어 목판을 들고 신나게 가가호호를 돌았다. 어렸을 적 속죄의 쓰라린 기억을 품위와 재치 있는 필치로 표출하여 수필에 훈훈하고 감칠맛 나는 휴머니티와 온기를 불어넣어 많은 독자의 숙연한 공감을 얻어냈다.

얼마 후 수필로 성이 안 찬 그는 곧 잠재하고 있던 선천적 시질(詩質) 또는 자아를 발견하여 시인으로의 정체성(identity)을 찾아 본격 문학의 길로 접어든다.

그의 데뷔 작품과 초기에 보여준 일련의 시적 대별(大瞥)은 애련한 센티멘탈과 뛰어난 상징적 표현미가 리얼하게 대비되어 서정과 순수가 풋풋하게 조화되는 돌돌 흐르는 청명한 가을의 여울소리를 냈다. 시의 격식과 하모니를 일구어내기는 했으나 아직은 서정성의 미흡과 덜 익은 날것의 생동미(味)를 품기고 있다는 아쉬움을 남겼다.

다시 수년의 세월이 흐르는 동안 나는 지애주 시인의 작품을 별로 보지 못했다. 꿈꾸는 시인의 잠룡 시절이었다고 할까?

며칠 전 잠시 미국에 체류하고 있는 동안, 뜻밖에 음신(音信)이 소원했던 지애주 시인으로부터 사제지간의 구연을 찾아 긴 이메일이 왔다. 시집을 내겠다며 시 80여 편과 말미에 은사님의 평설을 받고 싶다는 간절한 소망이 담겨 있었다.

완벽하도록 가편집을 마친 시편들이 눈에 꽉 차게 알토란처럼 들어왔다. 십 년이면 강산이 변한다고 했는데 십 년도 채 안 된 세월에 한 시인의 시력(詩歷), 시적(詩積), 시적(詩迹), 시법(詩法), 시재(詩才)가 한꺼번에 이토록 절묘하고 깔끔하게 제련되고 달라질 수가 있을까! 지애주는 각고의 세월을 숨어 우는 바람처럼, 홀로 서걱거리는 갈대처럼, 은인자중 숨차게 시의 밭을 갈고 닦아 한 편, 한 편 일구어 시 창고에 차곡차곡 애장했다.

그는 천성적으로 아름다운 감수성이 풍부한 시인이다. 이미 시단에서 혜성처럼 문명을 빛내고 있는 신달자 시인, 유안진 시인, 이해인 시인과 같은 명맥의 사랑과 연민의 시 조류를 흠모하고 따르는 시인에 속한다. 그의 미지(未知) 또는 미지(美知)의 사랑들이 가꿔내는 애련의 시들은 모두 직하하는 유성처럼 한 느낌으로 포착되지만 그 섬광은 꼬리를 물고 영겁처럼 빛난다.

삼라만상의 물상에는 모두 저마다 다른 질서와 리듬, 격(格)과 곱고 특수한 결이 있듯이 그 순리의 결을 거스를 때 순수시가 되지 못한다. 지애주의 정적(靜的)이면서도 동적(動的)인 두 면이 합치된 개성의 질, 묵시적인 시적 결은 무엇일까. 그것은 가공에서 발생되는 창조력, 어쩌면 심오한 허구에서 산출해낸 사랑의 구원상(久遠像)이다. 멀고 깊고 아득한 인간의 희비애락의 원천적 사랑으로 작열하는 불꽃, 원목의 쇠붙이들을 2000도의 고열로 녹여 시로 정제시키는 용광로이다.

그의 시는 영혼의 갈증을 달래는 사막 속의 오아시스요, 생명 그 자체이다. 시가 그리움이나 기나림의 격렬한 보성(慕情) 또는 연정(戀情), 열정 없이 생존하지 못하듯 그는 고운 직서법과 야릇한 메타포로 포장된 애끓는 정서의 실타래를 뽑어댔다. 그는 목마르게 끊임없이 강렬한 자아의 구현, 존재 탐구, 탐미주의에 매몰한다. 거기서 지애주는 시를 갈구하고 찾고 확인하고 공존하는 진원지로 귀의하는 예지를 보인다.

그는 시인으로의 제련된 가슴 안에 또 하나의 비장의 사랑방을 가지고 있음이 분명하다. 가상의 열해어(熱海魚)들이 무리를 짓고 사랑으로 유영한다. 거울에 비친 천의 얼굴로 그의 시상은 무한 천지를 누비며 비상한다. 언제쯤이면 이 시인의 꿈꾸는 플라토닉한 사랑과 소망이 만남과 봉합을 이루어낼 것인가. 그는 스스로를 '꿈꾸는 시인'으로 자처하고 군림한다.

이제 꿈꾸는 시인의 신비에 찬 깊숙한 사랑방에 들어가 보자.

2. 처음이란 얼마나 황홀한 두근거림인가

꺼내 보나요
가끔은

어느 우체국 앞에 서서
누군가의 이름을 부르면
눈물이 날 것 같은
간을 맞출 수 없는 매운 그리움을
열꽃처럼 밀려오는 외로움을

저 너머
저 너머의 시간으로

꺼내 보는 그리움이
다른 외로움을 부를 때
영혼을 깨워 허기 달래며
슬픔 하나 기쁨 하나 챙겨들고
새의 날갯짓으로 멀리 날아가고파

꺼내 보나요
가끔은

생의 둑길 따라
지나가고
스러지고
잊혀지는 세상 모든 것으로 인해
양 가슴 적셔오는 강물소리를

– 「꺼내 보나요, 가끔은」 전문

지애주 시인은 우리에게 그가 안에 소중하게 품고 숨기고 있는 무엇을 꺼내봐 달라는 것일까. 간을 맞출 수 없는 매운 그리움, 열꽃처럼 밀려오는 기다림과 외로움의 반점(班點), 슬픔과 기쁨의 양 날갯짓으로 멀리 비상하고 싶은 욕망, 가끔은 지나가고 쓰러지고 잊혀지는 인생사, 세상사의 모든 것으로부터 일어나 양 가슴을 적셔오는 강물소리에 영혼까지 건져 보이고 싶은 것이다. 특히 양 가슴이라고 한 함축성 시어가 돋보인다. 누구와의 가슴일까.

3. 심금을 울리는 시와 사랑의 조율(調律)

너무 멀리 있어
더 그리운 당신
언제쯤이면

햇빛보다 더 밝은 모습
얼굴과 얼굴
마주할 수 있을까요

너무 멀리 있어
더 보고 싶은 당신
언제쯤이면

따스한 그 손
살며시 잡아볼 수 있을까요

오늘밤은
당신께 달려갑니다
당신의 별이 되어…

― 「언제쯤이면」 전문

그리움은 언제나 하늘의 별처럼 손에 닿지 않는 먼 데 있을 때 비로소 한층 빛나고 돋보이며 요원한 기다림으로 승화된다.

"언제쯤이면" 이것은 시인의 가공적, 가능적 시한으로 별이 되어 달려가는 미학과 동경의 심벌이다. "당신께 달려갑니다" 이것은 꿈꾸는 시인의 사랑과 희망의 구원상으로 영원히 닿을 수 없는 미지의 땅을 가설한 아릿한 비련의 극치이다. 그리움과 기다림의 애틋한 연가를 부르는 시련과 수난의 역사가 지애주 시인의 별이 되는 생명체요, 동력으로 멀리 있을수록 더 보고 싶은 당신이라는 데 묘미가 있다.

세기적 시인 하이네도 빠이론도 괴테도 모두 절절한 비련 속에서 사랑을 노래하고 그리움으로 몸을 태워 문학을 빛냈다. 꽁꽁 가슴에 묻어두었던 먼 냉동의 사랑들을 시집이란 해빙기를 맞아 용광로에서 용해되고 제련되어 별처럼 끄집어내는 시의 갈망의 소용돌이를 본다.

4. 마음 속 깊은 곳에 은밀한 시의 사랑방을 차린 탐미주의자

그리움 없인
이 세상 어느 것 하나
우리의 삶에 닿지 못하고

어쩌면
우리는 그리움이 힘이 되어
한 세상 살아가는지도 모른다

가을날
나무와 나뭇가지 사이
눈부신 고통으로 차오르는 그리움

바람이 숲 안으로 몰려오고
숲 뒤에 숨어 있는 향기 품은 고독
나만 아는 숲

당신과 내가
하나의 강으로 닿아 흐르기까지
나시 수선의 날이 기나리고
수억의 어둠을 뜬 눈으로 삼켜야 한다

나는 길을 잃고
끝내 당신은 누구인가
당신을 그리며 기다리며
뼈가 삭아 들어가는 애절한 그리움이여

– 「나만 아는 숲」 전문

구름 위에 카페를 차리고 싶다는 어느 수필가의 말이 생각난다. 지애주는 가슴 안에 자기만이 열쇠를 갖는 비장의 사랑방을 차리고 싶어 한다. 여자의 마음은 화장실에 가는 사이에도 열 번은 더 바뀐다고 했는데, 그는 아무나 함부로 엿보거나 들어올 수 없는 심심 규방에 앉아 야누스의 거울을 보며 무엇을 꿈꾸며 어떤 귀빈을 맞아 정담할 것인가. 베르시아 왕궁의 장막을 두르고 매미날개 같이 투명하고 야들야들한 홈드레스 안에서 사랑의 물레를 돌리며 누에고치에서 명세하고 세련된 아름다운 시의 명주실을 뽑아내고 있다.

"나만 아는 숲", 조금은 섹시해 보이는 신묘한 설렘 속에 "당신과 내가/ 하나의 강으로 닿아 흐르기까지/ 다시 수천의 날이 기다리고/ 수억의 어둠을 뜬 눈으로 삼켜야" 하는 진통을 겪고서야 나만의 숲을 볼 수 있다고 매섭게 질타했다. 그리움을 나무와 나뭇가지 사이에 부는 눈부신 고통으로 빗대며 종내 "나는 길을 잃고/ 끝내 당신은 누구인가"로 그리움의 갈증을 푼다.

> 가슴이 떨려요
> 시린 겨울
> 겹겹이 껴입은 그리움
> 한 올씩 벗기며
> 사랑이 오는 소리
>
> (중략)
>
> 진실한 그대 고운 사랑
> 진달래 개나리보다 성큼
> 한 발자욱 먼저 와 피어날

사랑이 오는 소리

– 「사랑이 오는 소리」 중에서

  애절하게 불치의 병처럼 부르짖던 그리움의 그림자가 양파처
럼 한 겹씩 흰 살을 드러내며 자취 없이 사라지고, 봄의 진달래와
개나리보다 한 걸음 먼저 지각을 뚫고 피어나는 사랑이 속삭이는
싹 틈에서 이 시인의 넉넉하고 너그러운 가인의 모습을 본다.
  여태, 얼마나 많은 그리움의 덧옷을 껴입었을까. 연민의 정을
소롯이 느낀다.

5. 풍경 하나 걸어두고 싶은 마흔하고 여섯이 지나가던 가을

        아침 출근길
        어디론가
        이대로 훌쩍 떠나고 싶다

        머언 눈으로
        바라보아야 아름다운 강가
        산 그림자 눕는 곳으로

        대숲에 이는
        서걱이는 바람소리로
        내 가난한 혼(魂) 어루만져주는 곳으로

        허방 같은 욕심 버리고
        내 삶의 밖으로 걸어 나와
        혼자이고 싶은 날

기차 차창 밖 풍경도
바다 위 흔들리는
외로운 섬도 좋다

어디라면 어떠랴

저녁 퇴근길
어디론가 이대로 훌쩍
떠나고 싶다

— 「떠나고 싶다」 전문

　시인에겐 누구나 곱살처럼 끼는 숙명의 습성이 있다. 여수(旅愁)와 우수(憂愁), 애수(哀愁)와 향수(鄕愁)의 감성들이다. 더러는 이런 유사의 회색과 회의, 허무와 제행무상(諸行無常)이 시의 주조가 되고 근원이 된다.

　톨스토이도 가출했고 김삿갓은 유유강산을 방랑했다. 여기서 예술이 탄생된다. 여기다 일상의 무미건조한 생활에 나른한 권태가 따라붙고 벗어나고 싶은 허탈감에 빠진다.

　인생 40은 불혹이 아니라 유혹(有惑)의 위험지수가 높은 나이다. 갱년기(更年期)의 시작으로 아침 출근길, 문득 일체의 관계, 인연, 사슬을 끊고 실재를 부인하고 흔적도 없이 훌쩍 증발하고 싶은 충동을 느낀다. 이것이 시인의 적나라한 자유의 본태이다.

　내 삶의 밖으로 걸어 나와 혼자이고 싶은 천의무봉의 순진무구한 자세, 어디라면 어떠랴고 이유나 조건 없이 이대로 떠나고 싶다는 지애주 시인의 절규 소리가 고막에 찡하게 메아리친다. 반 여인(인생)의 참모습을 보여주는 아주 절묘한 시다. "하나뿐

인 마침표를 찍을 때까지/ 화려한 노을 거둔 뒤에도/ 어둠을 걸
머진 채/ 오래 오래 걷고 싶다"고 이 시인은 「12월에는」이라는
시의 끝 행에서 읊었다.

> 고독의 문지방을 넘어
> 아무리 걸어도 닿을 수 없었던 生의 밑바닥
> 그곳에서 횡행(橫行)하던
> 시간들과 울어댄 빈 가슴
>
> 마흔하고 여섯이 지나가던 날
> 지난 인생 썰물처럼
> 빠져나간 뒤 앙금처럼 남는 건
> 견고한 生 이룩하리니
> 한 폭 수채화 같은 삶을 가지리라
>
> ─ 「마흔하고 여섯이 지나가던 날」 중에서

　견고한 인생의 착지가 아닌 하늘을 향한 이륙점을 찾는 이 시
인의 수채화 같은 담백함이 짙은 안개를 드리우고 허무의 그림
자를 깔리게 한다. 밀물처럼 밀려왔다 썰물처럼 빠져나가는 해
원에서 밤새 등대의 고동소리와 갈매기의 울음소리를 이겨내는
철학자가 된다.

6. 천상을 비상하는 애절한 휴머니티와 가공의 플라토닉한 묵상

> 비 오거나 눈 내리는 날에
> 뜨거운 찻잔을 마주하는

당신의
다정한 연인이고 싶어

고단한 삶의 무게에
처진 어깨 감싸며 등 기댈 수 있는
그대의
편안한 안식처이고 싶어

서로 다른 생각이
상처를 내고 아프게 해도
마음 안
눈물소리를 들을 수 있는
아름다운 동반자이고 싶어

함께 공유한 추억 안고
더 키워야 할 샘 사랑
나
당신 가슴에만 피어 있는
향기 품은 한 떨기 사랑꽃이고 싶어

  ― 「늘 함께이고 싶어」 전문

  기승전결의 구성이 무리 없이 안배된 시로 첫 연의 '당신의', 2
연의 '그대의', 3연의 '마음 안', 4연의 '나' 의 호흡이 잘 맞아떨
어진 고운 숨결을 가진다. 연인과 안식처, 동반자와 사랑꽃 등의
희원(希願)이 겸허한 플라토닉을 표상하여 이 시인의 청순함을 나
타내고, '사랑꽃' 이란 신조어 또는 복합명사가 돋보인다.

그대 한 자락 바람으로 다가와
소리 없는 숨결
내 안에 있어도 보이지도
잡을 수도 없는 그리움

(중략)

기약 없는 그리움
구름 한 점으로 떠돌다
그대 영 아니 오면
스치는 한 줄기 바람 되어 만나나 보리

– 「기약 없는 그리움」 중에서

　지애주 시인은 가슴으로 사랑을 안고 쓰다듬고 키우고 있다. 사랑을 보채지도 않고 저만치 일정한 거리나 시야에서 정관(靜觀)하는 미덕으로 자위와 안정을 찾는다.
　일말의 바람으로 다가왔다 소리 없이 사라지는 뒷모습을 볼 수도 붙잡을 수도 없다고 했다. 한 점 구름처럼 떠돌다 영 안 오면 그런 내로 스치는 한 줄기 바람이 피워내는 사랑꽃이 되어 남겠노라고 영탄했다.
　"지는 노을에 시(詩)를 뿌리며/ 그렁그렁/ 눈물 골에 잠긴 가을 연정(戀情)" 「속삭이듯 눈물이 흐른다」에서 그가 읊어대는 고결한 사랑의 운치와 경지가 보인다.

7. 수평선과 지평선 그리고 요원한 평행선의 삼각함수

지애주 시인은 처음에 시집 제목을 '꿈꾸는 시인' 으로 정해왔
다. 나름대로 뉘앙스가 있다고 생각했다. 며칠 후 사랑하는 남편
과의 정담을 통해 시집 목차에 있는 시 '꺼내 보나요, 가끔은' 으
로 개명했으면 싶다고 했다. 사업가인 부군의 비즈니스적 착안
이라 그 발상이 재미있고 독특하여 찬의를 표했다.

산다는 것은 꿈을 꾸고 꿈을 향해 쫓아가는 과정이다.

시인은 항상 꿈 안에서 꿈을 품고 꿈의 알을 까는 사람이다.
꿈이 있는 시인은 아름답고 행복하고 멋있고 보람 있고 뜻있게
사는 사람이다. 그러므로 꿈은 희망이요, 이상이요, 비전이요,
궁극에 가선 사랑이다.

그 사랑의 꿈을 실재하든 부재하든 가슴 속에 품고 모진 산고
끝에 해산한다.

지애주 시인의 기공과 오관은 사랑을 향해 열려 있다. 마음 안
의 사랑은 늘 파동친다. 지평선에서 아지랑이처럼 가물거리기
도 하고, 파아란 수평선 위에 샛별처럼 하얀 돛배처럼 떠서 하나
가 된다.

밀려오는
바람소리

임
오늘도 소식 없어

이 가을

내 사랑 지평선에 진다

– 「지평선」 전문

슬픈 눈매를 꾸욱 누르고 있는

수평선은

한 줄 그리움

– 「수평선」 전문

그림 같은 한 폭의 신기루다.

하늘과 땅의 합치점, 바다와 하늘의 일치점을 오감하면서 못
내 영원 불일치의 평행선을 조감하며 지애주 시인은 미완의 교
향곡을 합주한다.

한 잔 찻잔 위에 행복을 올려놓고 천년학을 접는다.

이제 이 시인의 삼각함수의 꼭짓점은 어디일까. 제2시집이 제
련될 때까지 지애주 시인의 용광로, 작열하는 불꽃을 주목해보
는 것으로 일단은 평설의 키를 놓는다.

세상은 쉬이 빛바래 몹시 나를 지치게 하지만
詩는 나의 사랑
사랑은 부메랑

임은 나
나는 임